PARIS-VIVEUR

PAR

LES AUTEURS DES MÉMOIRES DE BILBOQUET

Prix : 50 centimes.

PARIS. — 1854

LIBRAIRIE D'ALPHONSE TARIDE

GALERIE DE L'ODÉON

PARIS-VIVEUR

Imprimerie de Ch. Lahure (ancienne maison Crapelet)
rue de Vaugirard, 9, près de l'Odéon.

PARIS-VIVEUR.

I.

Les viveurs de 1830.

Vous cherchez dans Napoléon Landais, le plus fantaisiste des lexicographes, au mot *viveur* et vous ne trouvez absolument rien.

Le viveur se rattache pourtant au grand mouvement échevelé de 1830.

Les uns imitaient alors le moyen âge et se coiffaient en ogive; les autres imitaient la régence et auraient bien voulu pouvoir ramener le règne de la poudre en France.

Il est certain que les viveurs sont sortis de là : il y a eu d'abord du parti pris et de la fièvre de circonstance ; et puis, comme toujours, il en est resté quelque chose dans les habitudes et les mœurs. .

Il est difficile de jouer un rôle sans y croire plus ou moins à la longue.

Nous avons eu des tiers, des quarts de gentilshommes qui finissaient par se considérer sérieusement comme des gens de famille et de race, parce qu'ils avaient emprunté à la vieille aristocratie quelques-unes de ses paillettes effrontées.

On courait après l'ancienne noblesse à travers les soupers et les jeux de cartes.

On voulait pêcher des blasons dans les bas-fonds des tripots et des souricières.

Le fameux procès de Rouen, autrement dit le *procès-Beauvalon*, a fait beaucoup de tort à nos néo-gentilshommes.

Le bon sens public s'est irrité un beau matin et s'est mis à déshabiller de pied en cap les Jodelets et les Mascarilles de lansquenet.

Tous les marquisats et les vicomtés de hasard ont été renvoyés aux piliers des halles et à la friperie du Temple.

II.

Les confessions du major C....

Le major C...., un ancien type de lionnerie, qui a aujourd'hui cinquante ans passés et qui se teint les cheveux, nous écrit ces jours-ci :

Mon ami,

Vous voulez faire l'histoire de *Paris-Viveur*. Beau sujet!

Mais je vous assure que, pour écrire cette histoire-là avec un peu d'exactitude et d'authenticité, il faudrait avoir vécu de notre existence de centaures, être ce que nous étions il y a de cela vingt ans et plus, des hommes avec des crinières de chevaux arabes, qui couchaient avec leurs éperons et qui ne quittaient jamais d'une seconde le turf de l'excentricité.

Nous n'existions pas alors, nous piaffions; c'était le vrai temps!

Aujourd'hui, où prendrez-vous le Paris-Viveur? Comment ferez-vous pour le découvrir et le peindre?

Paris-Viveur, c'est nous et rien que nous.

Tous ces petits jeunes gens que vous voyez à la Maison-d'Or, de minuit à cinq heures du matin, ou à Madrid, ou à Mabile, ou chez Tortoni, ou ailleurs, ne sont après tout que nos élèves, nos copistes, nos clairs de lune.

Eux des viveurs! bon Dieu! pauvres enfants! comme ils sont pâles et ternes auprès de nous! quelles pauvres nuits ils mènent! quelles tristes lorettes ils réalisent!

III.

Les environs de Tortoni.

Au plus fort de mes splendeurs et au moment où j'étais le plus à la mode, j'ai pensé à tenir mon journal.

Nous avions tous alors la conscience d'être des hommes excessivement extraordinaires dont tout le monde s'occupait.

Nos paris, nos courses, nos soupers, nos parties, nos maîtresses, tout cela demandait à être confié plus ou moins au public.

Moi qui vous parle, j'ai bu tous les jours en été, devant le perron de Tortoni, une bouteille de vin de Champagne à moi tout seul, à cette même place où vos petits viveurs d'à présent consomment leurs tristes grogs et leur chétive absinthe sans la moindre publicité.

J'ai donc cru devoir rédiger mon journal ou mes commentaires, si vous aimez mieux, à l'instar de César.

Voulez-vous faire connaître Paris-Viveur au public, copiez tout bonnement mon journal, je vous y engage.

Je vous le dis, en vérité, le viveur, c'est de l'histoire.

Fermez pour un moment le livre de la

fanlaisie ; c'est la réalité qui dicte, écrivez :

IV.

Les usuriers.

Hier, Urbain de Bor.... est entré au café Anglais et a demandé au garçon s'il ne pouvait pas lui remettre la monnaie d'un chameau?

C'est l'usurier J...., qui demeure rue Laffitte, qui lui a remis ce quadrupède contre une lettre de change de douze cents francs souscrite à quinze jours de date.

Trois cents francs écus et neuf cents francs de marchandise, il n'y a vraiment rien à dire! On n'est pas plus modéré!

Le chameau est certainement un progrès sur les souricières, les serinettes, les chats empaillés que les escompteurs ont remis jusqu'à présent aux fils de famille à titre de marchandises.

Le chameau a quelque chose de sérieux et d'utile.

Un jeune lion peut à la rigueur monter dessus pour aller attendrir un oncle éloigné, situé aux confins de la carte de France, qui se laissera infailliblement attendrir, s'il voit son neveu revenir à lui comme l'enfant prodigue, à cheval sur un chameau.

Le chameau a d'ailleurs, comme on sait, sa place dans la société française.

V.

L'usurier dandy.

C'est comme J...., l'usurier que j'ai nommé tout à l'heure, c'est évidemment un progrès.

Est-ce que vous croyez encore à l'ancien escompteur de théâtre dont le *Gobseck* de Balzac a été la dernière personnification ?

Du linge sale, des bas chinés, un chapeau à lampe, un habit de vieux bailli d'opéra-comique. Fi donc! dans quel Carpentras avez-vous trouvé ce type-là ?

J...., l'usurier, a des gants jaunes comme vous et moi. Il est logé dans le bois de citronnier.

Il a par moments un cabriolet.

Vous entrez chez lui, qui croyez-vous qui vient vous ouvrir la porte? Une vieille sorcière de servante ou une façon de petit clerc bien rabougri?

Pas du tout; c'est une jeune et jolie lorette, à la peau blanche, aux belles anglaises effeuillées à demi sur les épaules, qui vous dit en souriant : — M. J.... est à la Bourse, il rentrera dans une heure.

J.... participe à toutes nos distractions. Il a le luxe de la lorette à domicile.

Il fait de l'usure élégante, beurre frais, seulement par accident, et, comme il dit, quand la nécessité l'y pousse.

Un de nos amis, poursuivi dernièrement par les ordres de J...., n'échappa que par miracle aux griffes des gardes du commerce.

Il court furieux rue Laffitte :

— Coquin! maraud! misérable! dit-il à J.... qu'il rencontre sur l'escalier, c'est donc toi qui veux me faire fourrer à Clichy ?

— Il le faut bien, répond l'usurier avec un grand sang-froid ; je suis sur le point d'y être fourré moi-même. Vous m'avez souscrit une lettre de change, j'en ai souscrit une de même cote à un collègue qui ne badine pas. Un jour ou l'autre, nous sommes exposés à trinquer ensemble à Clichy avec le vin de Champagne du désespoir.

VI.

Détails sur Clichy.

Clichy est devenu lugubre.

Les visiteurs, aujourd'hui, ne dépas-

sent plus le parloir. Quelle profonde dé-
cadence !

Où sont-elles nos bonnes journées
d'autrefois, passées dans ces cellules or-
nées souvent avec tant de goût et de tact ?

Il y en avait de tendues en étoffes
roses comme des boudoirs. On y intro-
duisait jusqu'à ses pianos en palissan-
dre pour chanter l'élégie de la lettre de
change et la complainte de la contrainte
par corps.

Dernièrement, un pauvre Russe de nos
amis est emprisonné pour la misérable
somme de trente mille francs.

Un de ses parents apprend sa mésa-
venture et se hâte de lui envoyer la
somme en question.

Vous croyez que notre ami va tout
bonnement satisfaire son créancier, se
faire élargir ? Pas du tout; c'est infini-
ment trop prosaïque.

Il écrit à Mlle O.... des Variétés, et la prie de vouloir bien venir charmer sa captivité. En quinze jours, les trente mille francs se sont évanouis.

Le Russe gémit encore à l'heure qu'il est sous les verrous de Clichy. Voilà un vrai viveur, et qui a reçu son baptême.

Si jamais il sort de prison, il peut être sûr que nous le porterons en triomphe.

VII.

Les maîtresses à Clichy.

Clichy est la pierre de touche des maîtresses.

Une femme vous a fait vous manger jusqu'à votre dernière botte. Son devoir, ou si voulez son châtiment, est de venir faire de la tapisserie sous les arbres des jardins, afin de vous consoler et de compenser vos douleurs d'argent par un dévouement vif et animé.

La maîtresse qui abandonne son amant à Clichy, qui ne vient pas lui broder des bretelles, au moins pendant plusieurs heures dans la journée, est considérée comme bien peu de chose, même par les autres femmes.

Elle doit être d'une tendresse exemplaire jusqu'à neuf heures du soir. Le prisonnier est alors ce qu'on appelle *bouclé*.

On ferme sur lui deux verrous terribles; il est séquestré de l'humanité jusqu'au lendemain matin sept heures par une porte très-épaisse.

Le jeune viveur, qui n'est pas encore bien bronzé, a souvent des remords alors; il frappe sur sa poitrine avec repentir.

Décidément, s'écrie-t-il, je reconnais que j'ai bu trop de bishof.

VIII.

Un beau trait du restaurant Bignon.

Ce pauvre petit vicomte qui vient d'être mis à Clichy. Quel malheur!

Et son père qui prétend qu'il est très-bien là, qu'il faut qu'il reste en prison pour un an au moins, afin de calmer ses passions et de reprendre goût à la vie sérieuse.

Excellent père! comme il connaît bien le cœur humain et l'intérieur de Clichy! S'il savait tout ce qu'on y amasse de scepticisme et ce qui s'y consomme de grogs!

Il se figure qu'on apprend là à se

ranger, à réformer ses mœurs; on s'y culotte, voilà tout.

Bignon le restaurateur se conduit très-bien à l'égard du petit vicomte.

Il lui envoie tous les jours des galantines de gibier, des volailles, des poissons, des pâtés de foie gras ou autres articles de consommation et de consolation.

Le pauvre prisonnier dîne là absolument comme au boulevard; il doit à Bignon quatre on cinq années de dîners et de déjeuners consécutifs. Une année de plus ou de moins, ce n'est vraiment pas la peine d'en parler.

Bignon veille sur sa clientèle, même quand Clichy la lui dispute. C'est décidément un restaurateur de cœur qui comprend la vie moderne.

IX.

Un buveur novice.

Voici comment nous avons imaginé de boire le champagne :

Une bouteille ordinaire contient six verres ; nous plaçons les six verres en équilibre les uns sur les autres, en forme de pyramide ; il s'agit de les vider successivement, sans le moindre intervalle et sans que l'édifice éprouve la plus légère secousse.

Nous avons même fait faire des verres gigantesques qui contiennent la bouteille tout entière. Il n'y en a pas un d'entre nous qui ne soit de force à vider ces verres-là d'un seul trait et comme s'il s'agissait d'avaler un simple verre de cognac.

Un jeune homme encore neuf dans la vie, a voulu faire l'expérience dernièrement.

On lui a présenté le grand verre en question; il l'a saisi d'une main intrépide et l'a vidé sans sourciller.

Seulement il est mort sur le coup. Ceci est un simple détail; passons.

X.

L'origine des viveurs.

J'ouvre dernièrement un journal, et je lis le passage suivant :

« Ces hommes plus ou moins jeunes, si pincés, si vernis, à la démarche de poupée, à la voix impérieuse et cassante, qui s'imposent partout, se figurent que le genre humain n'a été créé que pour leurs menus plaisirs, qui n'existent, ne respirent que pour se vautrer dans tous les boudoirs, on les a surnommés : *les Viveurs*. »

Quel bonheur! On nous a donc trouvé un nom!

Nous sommes sûrs qu'on s'occupera de nous, qu'on ne nous laissera pas végéter dans le cercle de nos distractions clandestines.

Qu'est-ce qu'il faut, en définitive, pour vivre dans l'histoire? Un titre, une enseigne, pas autre chose.

Viveurs! Va donc pour ce nom-là! Oui, qu'il soit le nôtre. Ayons nos points de ralliement, notre langage, notre extérieur, notre genre d'existence à nous; organisons nos diverses bandes à la fois, qui seront réunies et détachées les unes des autres, obéissant à un même mot d'ordre, qui sera la gastronomie à outrance, l'orgie à fond de train, surtout l'excentricité, l'art de faire parler de soi par la mise en scène du plaisir.

Ne confondez pas surtout, de grâce, le viveur avec le jouisseur.

Le jouisseur n'a pas besoin de public pour se distraire et savourer les distractions d'ici-bas.

Le viveur, au contraire, a absolument besoin qu'on le regarde pour se divertir ou faire semblant.

L'orgie pour lui n'est pas l'orgie, si elle ne vocifère pas, ne se répand pas au dehors, si elle ne s'attaque pas plus ou moins aux passants.

Il y a tout un monde entre ces deux types-là.

XI.

Un souper à la belle étoile.

Hier soir nous sommes partis à minuit de la place Favart six dans une même calèche : une actrice du Palais-Royal, une des Variétés, deux rats de l'Opéra, qui ne valent pas l'honneur d'être nommés ; un viveur de notre bande et votre serviteur.

Nous nous sommes fait conduire au triple galop jusqu'à la porte Maillot.

La grille était fermée. Nous avons donné trois louis au concierge pour qu'il nous ouvrît. Nous avons été toujours au galop jusqu'à la mare d'Auteuil.

Nous avons tenu à souper en plein air, bien que la nuit fût fraîche comme une nuit d'automne.

Nous avons été obligés de décrocher les deux lanternes de la calèche pour nous éclairer et consommer les provisions que nous avions prises chez Potel en passant sur le boulevard.

Nous avions oublié le vin; nous avons été forcés de boire de l'eau de la mare d'Auteuil.

Les deux actrices ont dit à peine quelques mots très-insignifiants que je n'ai pas même retenus. Les deux autres femmes sont restées absolument silencieuses, Dieu merci !

La nuit a été sépulcrale.

Les quatre femmes n'en ont pas moins dit le lendemain dans les foyers de leurs théâtres, que nous avions passé une nuit délirante, tout ce qu'il y avait de plus neuf et divertissant.

Les femmes ont beaucoup d'imagination quand leur intérêt les y pousse.

Elles ne veulent pas avoir l'air d'avoir pris part à une réunion avortée ou à une partie de plaisir qui fait long feu.

Cela les ravalerait et déprécierait leur chiffre.

Les soupers les plus ennuyeux du monde deviennent, quand elles croient devoir colorer les choses, des volcans de gaieté, des Vésuves de verve et de déli-cieux entraînement.

Voilà pourtant comme on écrit l'orgie!

XII.

Détails de physionomie.

C'est moi qui ai inventé les *tics*. A présent le lorgnon les a remplacés. Les grimaces se suivent et ne se ressemblent pas.

Le tic consistait à fermer l'œil avec un certain mouvement de bouche et un certain mouvement d'habit. Tout cela représentait quelque chose d'ultra-fashionable.

Les faux tics abondaient à l'Opéra, sur les boulevards, aux courses.

Une figure d'homme élégant doit avoir toujours, suivant moi, quelque chose de convulsif et de crispé.

On peut attribuer ces agitations faciales, soit à un satanisme naturel, soit à la fièvre des passions, soit enfin à tout ce qu'on voudra.

Toujours est-il qu'on n'a pas la physionomie de tout le monde, et c'est là le point essentiel!

Aujourd'hui je ne vois plus que quelques vieux tics très-rares sur certaines physionomies chenues qui ne sont plus du tout dans le mouvement actuel.

Je regrette le tic, je l'avoue.

XIII.

Détails de mise.

Au dernier ballet, voilà quelle était ma mise :

Des manchettes blanches en carton éblouissant retroussées jusqu'au coude.

Un chapeau renversé sur l'oreille de la façon la plus féroce.

Une petite redingote longue de deux pouces, emboîtant les deux hanches de manière à séparer entièrement les jambes du torse.

Un pantalon à plis très-flottants et où plusieurs cosaques pourraient danser des danses nationales.

Enfin, sur la poitrine un camélia des plus amples, une fleur aussi rare alors qu'elle est devenue depuis banale et vulgaire.

J'omets une foule de détails très-caractéristiques, et qui contribuaient à constituer ma touche.

Lorsque j'ai traversé les corridors, j'ai su que je faisais réellement sensation.

Les femmes se retournaient.

L'ambassadeur du Maroc a demandé mon nom.

Il a prétendu que je ressemblais comme deux gouttes d'eau à un vieux lion qu'il avait laissé dans la cour de son palais.

C'est à partir de ce soir-là que le nom de *lions* a été appliqué à une certaine catégorie de viveurs.

XIV.

Chevreuil.

Avant-hier, Anatole M.... a absolument voulu me mener chez Chevreuil.

Je n'avais jamais eu l'occasion de voir cet homme si justement célèbre, et que l'on a eu raison de nommer le Raphaël de la coupe, le Corrége du gilet.

J'avais souvent entendu parler de lui, et cela va sans dire.

Je savais que dernièrement Chevreuil, souvent décousu dans son existence, comme tous les hommes d'un grand génie, avait été mis à Clichy par un créancier brutal qui n'avait pas compris qu'il y a de ces hommes tels que Cha-

teaubriand, Pitt, Chevreuil, devant les-
quels la contrainte par corps devrait
s'arrêter.

Tous les marchands drapiers s'étaient
réunis pour venir supplier Chevreuil de
vouloir bien sortir.

La créance était bien entendue ac-
quittée cent fois pour une.

Mais Chevreuil enfermé dans son res-
sentiment, comme Achille sous sa tente,
ne voulait pas quitter la prison et menaçait d'abdiquer à tout jamais la coupe et
les ciseaux.

Il avait fallu que le ministre de l'a-
griculture et du commerce intervînt et
écrivît de sa main à l'illustre tailleur
pour le décider à rentrer dans ses ateliers et à oublier l'indigne procédé dont
on avait usé à son égard.

Sans cette intervention du ministre,
il était à craindre que Chevreuil, nature

très-fière et très-susceptible, ne fût à jamais perdu pour l'art.

XV.

Axiomes de Chevreuil.

Je vis un homme de moyenne taille, à
l'œil vif et brillant, aux cheveux luisants
bouclés, qui n'avait pas du tout un air
imposant et tyrannique que je m'atten-
dais à trouver en lui.

Il y avait bien de l'autocrate dans le
geste et le langage de Chevreuil, mais
de l'autocrate mitigé, assaisonné d'une
certaine bonhomie naturelle et de beaucoup d'intelligence.

Il m'a prié, dès qu'il m'a vu, de me
retourner, et après avoir jeté sur le der-
rière de mon habit un simple coup
d'œil :

— C'est Sentis qui vous habille, n'est-
ce pas? m'a-t-il dit sans la moindre
hésitation.

— Oui, sans doute; mais qui a pu
vous faire deviner?...

— Tout l'ensemble, m'a-t-il dit, ce je
ne sais quoi de prétentieux et d'étriqué
qui règne dans tout l'ensemble de votre
mise.... Avec un habit de Sentis, vous
pouvez avoir l'air d'un lion, vous n'aurez
jamais l'air d'un ambassadeur.

Chevreuil nous avoua qu'il ne reconnaissait qu'un seul homme qui pût se
mesurer avec lui. Blain, chez qui il a du
reste fait son apprentissage.

— Et encore, ajouta-t-il aussitôt, je
me flatte de l'avoir dépassé.

Le bien petit nombre de gens, à Paris,
qui savent apprécier la coupe d'un habit, disent: — Blain est savant, distin-
gué; Chevreuil est suprême.

XVI.

Un grand homme chez lui.

Nous demandâmes au grand artiste de vouloir bien indiquer dans quel détail du vêtement résidait surtout sa supériorité.

— Voici deux plis transversaux , nous dit-il aussitôt en prenant un habit qui se trouvait suspendu dans son atelier; ces deux plis que nul autre que moi ne serait capable d'exécuter, sont à eux seuls tout un monde d'art , de talent, de combinaison.... J'ai été dix ans à les découvrir.

« Les deux plis au-dessus de la taille font que mon habit a du jeu, de la grâce, de la *morbidezza*, qu'il n'est pas collé sur vos hanches, comme sur un mannequin.

« Un habit, c'est une idée qui flotte autour du corps d'un homme.

« Le grand secret de l'homme qui sait se mettre, c'est d'être habillé autant que possible, sans en avoir l'air. Pour vous, il vous faut un tailleur qui vous comprenne, qui vous réalise, ce que nous appelons l'idéal du vêtement de bonne compagnie.

« Il m'est arrivé souvent de prendre la poste et de me rendre à Londres, rien que pour aller chercher une étoffe de gilet, quand il s'agissait de clients que je tiens à habiller en toute perfection.

« Si vous saviez, grand Dieu! que de choses, rien que dans un gilet! »

XVII.

Une vengeance d'artiste.

Chevreuil nous raconta une scène assez étrange qui avait eu lieu dernièrement entre lui et un jeune homme de très-haute famille qu'il nous cita et qui avait le grand tort, suivant lui, de ne pas s'en rapporter entièrement à l'homme supérieur qui l'habillait.

« Je lui apporte un habit qui est peut-être une de mes plus belles créations; je crois que je n'avais jamais été mieux inspiré : des basques, un collet, des entournures à étonner l'univers entier.

« Mon jeune client, qui était apparemment en mauvaise disposition ce jour-là, se met à critiquer mon habit, signale de prétendues imperfections, s'attaque

précisément aux parties les plus distin-
guées et les plus irréprochables.

— Au surplus, me dit-il, voulez-vous
nous en rapporter à un homme du métier? Nous avons dans la boutique en
bas un tailleur qui peut nous donner
son opinion. S'il approuve l'habit, je
retire ma critique, je déclare que j'avais
tort de me plaindre... Cela vous con-
vient-il?

— Volontiers, monsieur le comte, dis-
je aussitôt à mon jeune client, tant je me
sentais sûr de la perfection de mon
œuvre!

« On fait monter le tailleur en question,
vous savez, un de ces misérables faiseurs
qui n'ont pas même, à défaut de talent,
la prudence et la conscience de leur art.

— Comment trouvez-vous cet habit-là,
lui dit mon jeune client en lui présentant
alternativement le dos et les épaules?

— Fort mal fait, dit aussitôt l'infâme Zoïle avec un sourire satanique, l'habit n'est pas même ajusté sur les hanches; ses basques sont trop étroites, et puis voilà au-dessus des reins des plis affreux, impossibles!...

— Eh bien! me dit mon client en me regardant d'un air de triomphe, qu'en dites-vous, avais-je tort de me plaindre?

—C'est vrai, monsieur le comte, m'écriai-je aussitôt, l'habit est, en effet, rempli de défauts, tout à fait manqué.... Il faut en faire justice....

« Je prends l'habit et je le déchire en plusieurs morceaux que je jette à la figure du tailleur stupéfait, qui ne l'avait pas volé, convenez-en !

— Et votre client, vous l'avez perdu sans doute à la suite de cette affaire, dit à Chevreuil l'ami qui m'avait amené?

— Au contraire, je l'habille plus que

jamais ; j'ai consenti à me réconcilier avec lui, mais il a fallu qu'il me témoignât bien du repentir. »

XVIII.

Profession de foi du tailleur.

Du reste, reprit Chevreuil, c'est assez mon habitude de déchirer mes habits quand ils me déplaisent.

J'essaye un vêtement à un client, la forme me choque ; j'aperçois des défauts radicaux qu'il est impossible d'effacer entièrement ; le vêtement est aussitôt sacrifié dans mon esprit.

Je n'attends même pas les critiques du client, les miennes me suffisent.

Chevreuil nous ouvrit une pièce attenant à son atelier, et dont lui seul avait la clef. Il nous fit voir une foule d'habits déchirés qu'il appelait *ses erreurs* ou plutôt *ses ébauches*.

— On a beau être sûr de sa coupe, a-t-il ajouté, on n'arrive à habiller un homme que par tâtonnement. Il faut étudier longtemps, non-seulement son extérieur, mais même son tempérament, son caractère, avant de réaliser le vêtement qu'on a rêvé pour lui.

Les hommes que j'habille d'une façon supérieure sont ceux que j'ai eu occasion d'observer à la Chambre, aux courses, à l'Opéra, au bois de Boulogne.

XIX.

Chevreuil et Brummel.

Chevreul nous fit voir une lettre que lui adressait le fameux Brummel qui se trouvait alors à Calais où il n'avait pas renoncé, comme on sait, à ses anciens goûts d'élégance.

Dans cette lettre très-curieuse et écrite en assez bon français, Brummel rendait pleine justice à la renommée et au mérite éminent du grand tailleur français.

Brummel avouait qu'aucun des tailleurs de Londres n'était de taille à se mesurer avec lui.

Ses habits avaient, disait-il, un caractère de supériorité tellement incontestable, qu'on les reconnaissait tout de suite, rien qu'au premier coup d'œil.

Ils avaient leur touche et un cachet, comme les tableaux de grands maîtres.

Brummel terminait sa lettre en engageant Chevreuil à se rendre à Calais pour venir lui prendre mesure d'un vêtement complet. Il mettait pour cela à sa disposition une somme très-considérable, qu'il était même disposé à augmenter dans le cas où l'artiste ne la jugerait pas suffisante.

— Et qu'avez-vous répondu à Brummel? dîmes-nous aussitôt à Chevreuil.

— Que je le remerciais de ses éloges, mais qu'il m'était impossible de quitter mes ateliers. Courir la province, colporter son art, abandonner ses clients de Paris, quand on s'appelle Chevreuil!... Fi donc! c'est bon pour les chirurgiens en renom!

Velpeau, Roux, Dupuytren peuvent se déplacer, Chevreuil ne se déplace jamais.

XX.

Les faiblesses du génie.

Le grand tailleur nous a avoué ce jour-là qu'il ne vivait pas exclusivement enfermé dans la confection des gilets, des habits et des paletots. Il aime aussi la peinture, les tableaux.

— Au surplus, nous a-t-il dit, tous les arts se tiennent par la main.

Chevreuil nous a fait voir son appartement complet. Il a trois salons entièrement garnis de tableaux anciens et modernes qu'il achète, revend, brocante, suivant les habitudes et les fantaisies des véritables amateurs.

Il s'occupe aussi beaucoup de musique. Il a plusieurs pianos chez lui et possède à peu près toutes les partitions de l'Opéra et des Italiens.

M. Ingres est plus fier, comme on sait, de son prétendu talent sur le violon que de sa peinture. Ainsi Chevreuil met la voix de ténor qu'il se figure posséder, bien au-dessus de sa coupe.

Il croit de bonne foi, chanter beaucoup

mieux que Duprez et Rubini réunis dans un même larynx.

Il a essayé de nous donner un échantillon de son talent de virtuose musical; il nous a lancé un *suivez-moi* d'un tel calibre que nous avons été obligés de nous boucher les oreilles.

Décidément, j'aime mieux ses habits que ses *ut* de poitrine.

XXI.

Un monument à Chevreuil.

J'avoue que lorsque Chevreuil est mort, j'ai éprouvé une grande douleur. J'ai senti que la fashion parisienne venait de faire une perte très-sensible.

Un nóm de grand tailleur ne se fait pas comme on veut; c'est le fruit d'une foule de hasards et de circonstances qui ne se rencontrent pas toujours à point nommé.

Ce n'est pas que nous n'ayons fait souvent, dans notre vie d'hommes échevelés et capricieux, plus d'une infidélité au grand homme.

Nous essayions de l'horrible confection de ces tristes et bizarres paletots de la rue du Bac, du Palais-Royal, de la rue Vivienne. Mais qu'importe !

C'était toujours à Chevreuil qu'on revenait. On reconnaissait bientôt l'incontestable supériorité du vrai talent sur la fabrication de hasard et de métier.

On a laissé mourir Chevreuil sans réclame dans les journaux, sans la moindre oraison funèbre, absolument comme un bottier quelconque, un confectionneur subalterne.

Si j'avais une feuille à moi, une feuille plus ou moins mousquetaire, je propose-

rais très-certainement un monument à
Chevreuil.

XXII.

Les joutes de viveurs.

Quand une de nos bandes, à nous autres viveurs (puisque c'est là le nom
qu'on nous donne maintenant), adopte
un restaurateur, il faut de deux choses
l'une, ou que ce restaurateur arrive à
une grande vogue s'il a les reins solides,
ou dans le cas contraire, qu'il saute,
qu'il claque sans miséricorde.

Nous nous installons dans ce café ou
ce restaurant de notre choix, et nous
commençons par y ouvrir un œil gigan-
tesque comme l'ancien OEil-de-bœuf de
Versailles.

Nous soupons d'une façon illimitée;

nous amenons tous les lions étrangers
qui visitent Paris, les femmes les plus à
la mode, nous vidons la cave autant que
nous pouvons, nous avons chacun une
note qui s'élève pour le moins à vingt
mille francs par tête!

Voilà ce qui s'appelle entendre l'œil et
l'existence!

L'objet de nos réunions varie suivant
les circonstances et les hasards de la
vie.

Quelquefois il s'agit d'une simple
orgie, d'une bacchanale qui ne varie pas
beaucoup quant aux détails des scènes
qui avaient lieu chez les restaurateurs
d'Herculanum.

Hommes et femmes, viveurs et viveuses, nous passons à l'état de bacchantes
et de satyres.

C'est dans ces nuits-là qu'on avale par
fanfaronnade des bouteilles de kirsh en-

tières, des bowls d'eau-de-vie fumante d'un seul trait, des carafes remplies de porto et de xérès.

Ce sont les grandes nuits des alcools.

XXIII.

Dévouement et spéculation.

On est venu nous annoncer hier, à l'Opéra, que la fameuse Sophie G...., celle qui occupe l'avant-scène du rez-de-chaussée, venait de vendre son mobilier, qui est, comme on sait, tout ce qu'il y a de plus splendide sur la terre.

On assure que la vente produira plus de cent cinquante mille francs.

C'est, dit-on, pour tirer d'embarras son amant, qui a fait de grandes pertes à la Bourse et menaçait même de ne pas payer ses différences.

On s'est beaucoup extasié devant le procédé de Sophie G.... On a prétendu que c'était un trait de dévouement digne des temps antiques.

Quant à moi, j'avoue que je suis resté beaucoup plus calme.

Je connais à fond le caractère de Sophie G...., comme, du reste, de toutes ces femmes-là que j'ai vues dans le déshabillé de l'orgie.

C'est là surtout qu'on apprend à se connaître.

Sophie G.... sait que son amant sera très-riche un jour : dans tous les cas, s'il paye, à présent qu'on n'entend parler partout que de faillites et de déconfitures de Bourse, voilà son crédit établi pour bien longtemps sur une vaste base.

Non-seulement il se relèvera, mais il s'enrichira; il trouvera quelque jour une belle veine, sans compter plusieurs héritages considérables auxquels il a droit.

Sophie G.... sait tout cela, et elle s'est dévouée en conséquence.

Elle a eu, comme bien des femmes, du dévouement à gros intérêts.

XXIV.

Un pari féroce.

Les paris jouent toujours un grand rôle dans nos existences.

Gaston, qui est décidément passé à l'état d'*entraîneur* élégant de plusieurs membres du Jockey, est tout à fait ruiné.

Vingt mille francs seraient en ce moment pour lui comme la manne du ciel.

Que ne ferait-on pas pour vingt mille francs dans certaines conjonctures de la vie !

Le fameux lord S...., qui aime tant à parier, lui pose le défi suivant :

« Aller de Paris à Bruxelles et de Bruxelles à Paris avec la faculté de changer de chevaux quand on voudra. Lord S.... sera en cabriolet, Gaston à cheval.

Le premier arrivé sans avoir été un seul instant dépassé par l'autre, gagnera vingt mille francs. Lord S..... consent même à donner vingt lieues d'avance à Gaston, tant il se croit sûr de la vitesse des deux chevaux qui le conduiront l'un à Bruxelles et l'autre à Paris.

Gaston consulte un vieux postillon qui lui déclare qu'il est très-difficile de lutter pendant un long trajet avec des chevaux de trait, qui seront bien entendu des bêtes de race et de premier choix.

Cependant, un excellent cavalier, sûr de lui et très-capable de supporter la fatigue, peut peut-être tenter l'aventure.

Gaston, qui n'a pas grand'chose à perdre, accepte le pari de lord S....

Il arrive le premier à Bruxelles et espère pouvoir conserver son avance pendant le trajet de retour.

Mais, vers la moitié du chemin, il est forcé de s'arrêter, vaincu par la fatigue et par la chaleur qui l'accable.

Il aperçoit un homme occupé à puiser de l'eau à une fontaine.

« Vite un verre d'eau, » lui crie-t-il, et il lui jette un louis pour l'engager à se presser.

Au moment où Gaston va pour porter le verre à ses lèvres, il se retourne et aperçoit la tête du cheval de lord S.... Une minute de plus et il va être dépassé.

Il jette le verre sans même avoir eu le temps d'y porter ses lèvres. Il fait repartir son cheval au triple galop, non sans avoir entendu les éclats de rire de lord

S...., à qui cette scène a causé un tel accès d'hilarité qu'il s'est roulé dans son cabriolet pendant un grand quart d'heure, ce qui lui fit perdre son avantage.

Gaston a gagné ses vingt mille francs, mais il a fallu trois hommes pour l'enlever de sa selle.

Il a marché à quatre pattes pendant huit jours. Un peu plus on le faisait entrer dans un haras.

XXV.

Costumes de fantaisie.

Nous comptons samedi prochain aller au bal masqué.

Nous serons déguisés en chiffonniers, en charbonniers, en cureurs d'égouts, en allumeurs de réverbères, etc.

Nous aurons sur la figure de la suie,

de la moutarde, du rouge, du bleu, nous serons panachés, tatoués, graisseux et noirs comme de vieux torchons.

Nous aurons seulement le soin d'attacher dans nos cheveux des diamants et des pierreries d'un grand prix, afin qu'on ne se méprenne pas sur notre qualité de gentilshommes et qu'on ne s'avise pas de nous confondre avec la canaille proprement dite.

XXVI.

Le jeu.

Nous avons une manière de jouer qui n'est qu'à nous seuls.

Ce sont presque toujours des sommes fabuleuses que nous jouons; seulement nous nous payons quelquefois, rarement, le plus souvent pas du tout.

C'est nous qui avons inventé le *fétiche*, ce précieux symbole qui passera à la postérité la plus reculée comme un monument curieux des principes et des mœurs de notre temps.

Le fétiche est un objet quelconque que le joueur met devant lui en entamant une partie, une bague, un cachet, moins que cela souvent, une allumette, un cure-dent, un bout de cigare.

Ce bout de cigare vaut vingt mille francs.

Qu'est-ce qu'on risque après tout? Si on a le bonheur de gagner, il se trouve toujours bien dans la réunion quelque personnage candide et primitif, qui a la naïveté de payer comptant, lorsqu'il perd.

On empoche son argent, c'est un bénéfice tout clair.

Si, au contraire, on a la fortune contre

soi, on en est quitte pour dire avec un grand sang-froid à celui qui vous a gagné :

— C'est mille louis que je vous dois, cher, vous les aurez demain matin, sans faute.

— Quand vous voudrez, dit aussitôt ce vainqueur qui sait très-bien à quoi s'en tenir sur la réalité et l'exactitude du remboursement et comprend qu'il ne risque rien en offrant du temps, beaucoup de temps.

Il y a plusieurs de nos amis qui ont une réputation si bien établie à l'endroit du fétiche de pure fantaisie que l'on convient d'avance que ceux qui auront le malheur de les avoir pour créanciers de jeu, les garderont et ne pourront, sous aucun prétexte, les passer aux autres.

Vous voyez de jeunes gentilshommes qui doivent à leurs cercles des sommes fabuleuses, qui ont établi près de tout le monde, qu'au jeu ils ne payaient sous aucun prétexte : ce qui ne les empêche pas de marcher la tête haute, d'avoir des chevaux, de faire courir, de promener dans les théâtres des danseuses ruisselantes de diamants.

Où est le temps où les dettes de jeu s'appelaient des dettes d'honneur ?

XXVII.

Les suites d'une veine heureuse.

En somme, vous perdez au jeu, vous voilà compromis, entamé dans votre position. Vous êtes à tout jamais ruiné dans votre avenir, surtout si vous êtes du si petit nombre d'hommes élégants qui ont encore la sainte superstition des dettes de jeu.

Mais vous gagnez, vous réalisez de gros bénéfices, vous croyez peut-être que vous n'avez qu'à bénir la destinée et à encaisser tranquillement les sommes que vous a values un lansquenet heureux !

Erreur ! — Vous saurez que dans nos existences, trop gagner au jeu est souvent aussi dangereux que de trop perdre.

Je ne sais pas laquelle des deux conditions est préférable.

Voyez à quoi vous exposez la rancune des gens qui ont le malheur d'être vos victimes.

Un des nôtres nous proposait dernièrement, après l'opéra, de nous rendre chez lui pour nous livrer à un simple baccarat.

Le jeu d'abord modéré avait pris progressivement un grand développement.

L'amphitryon avait été presque constamment favorisé. Les bénéfices s'étaient élevés, en moins de quinze jours, jusqu'à vingt mille louis, disait-on.

Il fallut suspendre la partie : un des joueurs .était mort presque subitement, en introduisant dans son testament la phrase suivante :

« Je dois vingt mille francs à un tel ; j'engage mes héritiers à ne pas tenir compte de cette créance : j'ai la conviction que ces vingt mille francs ne m'ont pas été gagnés loyalement. »

Qu'on juge du désespoir éprouvé par celui que cette phrase atteignait, quand le testament a été ouvert! Quel genre de réfutation opposer à une pareille infamie? Comment se battre en duel contre une tombe?

Sûr de sa loyauté et de la façon dont il a réalisé ses bénéfices, notre ami s'est empressé d'aller trouver les gens qui avaient joué avec lui, pour leur demander d'attester qu'ils n'avaient pas eu l'ombre d'un soupçon ni d'un doute sur sa manière de jouer.

— J'ai pu vous gagner, leur a-t-il dit, mais je suis convaincu que vous n'avez jamais cessé de me considérer comme un joueur loyal. Vous allez me le signer, n'est-ce pas ?

Personne n'a consenti à lui donner l'attestation signée qu'il demandait.

— Nous vous avons payé ce que nous avons perdu, lui a-t-on dit, vous n'avez plus rien à réclamer de nous.

Souvenez-vous que dans un certain monde de viveurs, quand vous avez gagné une somme qui dépasse un certain taux, il n'est personne qui ne croie que vous n'ayez plus ou moins fait filer la carte.

A moins que vous ne fassiez comme ce gentilhomme qui a dernièrement gagné

cinq cent mille francs à un autre et lui
a tenu quitte ou double jusqu'à ce qu'il
fût racquitté.

Ces traits-là sont rares parmi nous;
ils méritent d'être consignés quand ils
se présentent.

XXVIII.

La partie H....

Nous avons fait hier la partie dite
H....

Depuis qu'on a supprimé à Paris les
jeux publics, on ne saurait se figurer
toutes les formes et tous les déguise-
ments que prend le jeu pour se maintenir
quand même dans la civilisation et les
mœurs.

Le père H.... est le trente-et-quarante
ou la roulette à domicile.

Cet homme, qui habite un quartier très-élégant, qui a un hôtel à lui, chevaux, équipage, livrée, a pour métier de se transporter dans le salon particulier d'un restaurant désigné à l'avance, soit avec des cartes, soit avec une roulette portative qu'il a fait construire en bois d'ébène avec ciselures et incrustations de nacre.

Une bande de viveurs se réunit avec des capitaux et prévient H.... qui arrive à l'endroit désigné avec ses instruments et un portefeuille qui contient cinquante mille, cent mille, et jusqu'à deux cent mille francs.

On a le droit de visiter d'avance le portefeuille.

H.... est, dit-on, trois ou quatre fois millionnaire. Il est certain qu'avec le métier qu'il fait!....

Songez donc, Bénazet anonyme et

sans aucune espèce de surveillance lé-
gale !

On commence par dîner d'une façon
très-large. C'est la préface obligée de
toute espèce de partie.

On se hâte de faire enlever la nappe ;
on ouvre une table de jeu ordinaire et
on écrit tout bonnement avec de la craie
un *R*, qui veut dire *rouge*, un *N*, qui
veut dire *noire*.

La partie s'engage, les billets de ban-
que s'étalent, les figures se crispent, les
nerfs se contractent : c'est un Frascati
rétrospectif.

On a remarqué que le père H...., en sa
qualité de banquier, et grâce aux avan-
tages connus, sans compter ceux que l'on
ne connaît pas, jouissait en général d'un
grand bonheur dans ces sortes de parties.

Ce n'est pas toujours à la première

séance que sa chance se déclare; c'est ordinairement à la seconde.

La première séance est destinée à amorcer, à allumer son monde, comme on dit. On se revoit nécessairement : les joueurs sont attirés par un premier succès.

Alors il arrive presque invariablement que H.... dépouille tout le monde. C'est bien rare s'il ne fait pas rafle.

Nous avons renoncé à la partie H.... depuis quelque temps, parce que nous avons appris que plusieurs des nôtres étaient de connivence avec H...., et entraient pour un quart, un tiers, même pour moitié dans ses bénéfices.

Ceci nous a fait faire de tristes réflexions sur les lois générales de l'existence et du cœur humain.

Mais ici nous sortons du pays des vi-

veurs proprement dits, nous entrons dans
le séjour des grecs....

XXIX.

Les viveurs rétrospectifs.

Nous interrompons ici les emprunts
que nous avons cru devoir faire aux
curieuses confessions du major C....
Nous espérons bien qu'on les imprimera
un jour dans leur entier.

Les personnes qui recherchent les ci-
vilisations et les traits de vie actuelle, y
trouveront amplement de quoi se satisfaire.

Nous connaissons maintenant les ori-
gines et le point de départ du monde
viveur.

Comme le dit très-bien le major C....,
il est certain que ce monde-là appartient

aujourd'hui à l'histoire en grande partie. On n'en voit plus que quelques échan-
tillons épars, des fragments qui ne se
rattachent plus du tout comme autrefois
à un ensemble de soupers et d'orgies.

Les vieilles bandes sont en partie dis
sipées. On se cache pour boire, on se grise
avec le faux nez du décorum.

On n'aborde plus franchement le grand
soleil et les boulevards.

Où est le temps où vous voyiez des
députés, des diplomates, des membres
de conseils généraux qui se déguisaient
en polichinelles pour assister à la des-
cente de la Courtille?

XXX.

Les invalides de l'élégance.

Que de viveurs ont passé comme des météores !

Que d'autres splendides autrefois, sont maintenant éteints, oubliés !

Les uns sont tombés platement dans la vie sérieuse ; ils songent à leur avenir et se préoccupent de leur estomac. Ils vont tous les ans prendre les eaux de Vichy. Pitié !

Les autres ont pris l'industrie corps à corps. Vous les voyez à la Bourse, à Tortoni, carottant tristement un misérable billet de mille francs de courtage tous les mois.

Il y en a qui administrent des cercles, qui rêvent des restaurants progressifs,

des hôtels, des caravansérails gigantesques pour l'exposition de 1855.

XXXI.

Les pistolets intimes.

Deux amis, deux viveurs de profession,
doués l'un et l'autre d'une grande énergie
de caractère et d'une grande force phy-
sique, se trouvent un jour dans le cabinet
particulier d'un restaurant.

« Tu ne veux pas me payer les six
mille francs que tu me dois, dit l'un des
deux à l'autre.... Je te préviens que je
suis las d'être fourré à Clichy.... Paye-
moi ou sinon.... »

Il tire un pistolet de sa poche qu'il
appuie sur la poitrine de son ami.

« Un instant, dit l'autre, que diable,
comme tu es vif!... Il y a peut-être moyen

de nous entendre.... Voici toujours un à-compte. »

Il tire également un pistolet de sa poche qu'il place contre la poitrine de son créancier.

Les deux pistolets partent à la fois et font long feu l'un et l'autre.

Les deux amis s'abandonnent à un immense éclat de rire et s'écrient :

« Il faut convenir que nous sommes deux braves.... Garçon, des huîtres et une bouteille d'Ermitage....

— A ta santé, vieux, dit l'un.

— A ta santé, » dit l'autre.

XXXII.

L'ancien directeur du Vaudeville.

En somme, ils sont rares les viveurs de tempérament et de vigueur qui ne se démentent jamais un seul instant dans le cours de leur carrière, qui tiennent pied jusqu'au bout au vin de Champagne sans jamais s'avouer vaincus.

On peut citer comme un modèle du caractère de viveur le fameux directeur du Vaudeville, le spirituel Bouffé, qui est mort dernièrement en laissant de si profonds regrets chez les vrais artistes de la bouteille et de la table.

Celui-là c'était réellement le Romain de la serviette, le successeur en ligne directe de tous ces types joyeux et enluminés : les Santeuil, les Lattaignant, les Montauciel.

Ce directeur, qui avait par moments un faux air de vieil abbé, était surtout remarquable par son sang-froid et sa majesté à table.

Jamais chez lui de ces vociférations, de ces pantomimes insensées qui indiquent le buveur sans aplomb et sans consistance, l'ivrogne maniéré et fantaisiste.

Carré sur sa base, inébranlable comme un monument une fois qu'il était à table, il étalait sa serviette avec hauteur et fierté comme un drapeau.

On voyait qu'il s'apprêtait à accomplir une fonction des plus graves et des plus saintes.

Il poussait l'amour de la table jusqu'au sacerdoce.

C'est inouï ce qu'il entrait de liquide dans cette vaste poitrine rabelaisienne, taillée sur un patron qui se perd tous les jours.

XXXIII.

Une repartie magistrale.

Il avait souvent des reparties à lui, qui prouvaient son aplomb merveilleux et son esprit incontestable.

Il admettait généralement assez peu les observations de la part des gens qui essayaient de jouer auprès de lui le rôle de prêcheurs et de Catons.

Un jour, un vaudevilliste fort connu disait à Bouffé, qui se trouvait encore une fois rejeté dans la vie privée à la suite d'une des fermetures du Vaudeville si fréquentes malheureusement, malgré l'habileté de la direction :

— Voyez donc, mon cher ami, si vous aviez voulu vous ranger un peu, avec les magnifiques recettes que le théâtre a faites depuis trois années, vous pourriez avoir aujourd'hui trois cent mille francs à vous....

— C'est possible, répondit Bouffé, mais remarquez que j'en ai mangé six cent mille francs.... c'est donc un benéfice net de trois cent mille francs.... clair comme le jour!....

XXXIV.

L'hercule des buveurs.

On allait de ce temps-là à Clichy bien plus volontiers et plus souvent qu'à présent. Ouvrard, ce grand viveur de l'Empire, avait mis Clichy à la mode.

Il avait inventé l'art de vivre en prison comme dans un véritable Eldorado, avec des guirlandes de femmes enchanteresses, dans des flots de clos-vougeot et des océans de truffes.

C'est vraiment Ouvrard qui inventa la prison pour dettes balthazarienne.

Un des hommes de cette génération-là reçut un jour douze bouteilles d'un premier cru de Bourgogne envoyées par un ami qui lui annonça en même temps qu'il viendrait déjeuner avec lui le lendemain matin.

En effet, l'ami se présente le lendemain à la prison pour dettes et est introduit dans la cellule de l'infortuné prisonnier.

On dresse la table pour le déjeuner : l'ami est étonné de voir placer le vin ordinaire de la cantine.

— Et les douze bouteilles que je t'ai envoyées?...

— Entièrement bues, cher ami, répond le détenu, bues par moi hier soir jusqu'à la dernière goutte. Me vois-tu passant la nuit à côté d'un panier d'ex-cellent vin sans lui faire fête?... Je suis bien sûr que tu m'aurais retiré ton es-time!...

Voilà le véritable viveur dans toute sa franche et naïve expression, celui qui s'arrose pour son propre compte sans jamais songer à autrui.

Le rêve de cet homme à part est de mourir avant l'âge de cinquante ans, de la goutte, ou mieux encore d'une indi-gestion foudroyante.

XXXV.

Les problèmes de l'existence.

Vous menez grand train, vous avez des chevaux, un haras superbe avec des

élèves de toute beauté, vous allez à Long-
champ en voiture à quatre chevaux,
avec deux postillons gros comme le poing,
habillés de taffetas bleu, vous brillez,
vous rutilez, vous moussez, vous n'êtes
pas du tout un viveur pour cela.

L'homme de luxe et le viveur sont
souvent deux choses parfaitement diffé-
rentes.

On peut avoir une grande fortune et
ne pas du tout *vivre* dans la joyeuse ac-
ception du mot.

On peut, au contraire, ne pas avoir
un sou à soi, et être un viveur de race ;
un homme dont on parle dans tous les
soupers, dans toutes les réunions de
femmes. Le convive qu'on n'invite pas,
qui s'invite lui-même comme un dieu,
tant il est sémillant et irrésistible !

— Comment fait-il ? comment vit-i! ?
Il soupe tous les soirs, il ne manque pas

une partie de plaisir, une occasion de
divertissement; toujours très-élégant,
plein de bijoux et de linge, et cependant on ne lui connaît pas le moindre
revenu !...

N'entendez-vous pas poser tous les
jours, circuler cette question-là à l'égard
de certaines gens, véritables problèmes
comme on en rencontre un si grand
nombre sur les boulevards ?

Ces problèmes représentent une variété
particulière de viveurs, ceux qui proté-
gent les restaurants, les tailleurs, les
bottiers, les fournisseurs de toute espèce
auxquels ils amènent de riches clients,
les étrangers brillants qu'ils connaissent
et qui sont susceptibles de faire de
grosses dépenses.

Il va sans dire que leurs propres four-
nitures passent par-dessus le marché.

XXXVI.

Les viveuses.

Le viveur pur n'a pas de maîtresse proprement dite.

S'il tombait jamais sérieusement dans les chaînes d'une femme, il serait perdu.

Il aliénerait infailliblement son indépendance et son caractère.

Il a cependant des liaisons ou plutôt des camaraderies de femmes.

Les femmes qu'il cultive ont ses goûts, ses habitudes ; elles vont comme lui de soupers en soupers, de parties en parties.

Elles méritent d'être appelées des *viveuses*.

La viveuse est à l'égard du viveur sur un pied à la fois d'intimité extrême et de liberté complète.

Elle l'accepte dans les mauvais jours, quand il y a disette de riches étrangers.

Alors, on fraternise, on fricote, on file une espèce de sentiment pot-au-feu ; on dîne en tête à tête en attendant mieux.

Le viveur et la viveuse se font valoir naturellement dans un souper.

L'un donne la réplique à l'autre : c'est comme un acteur et une actrice qui ont l'habitude de jouer ensemble et qui s'entendent bien.

Vous avez tant de femmes à Paris qui ne savent ni aimer, ni plaire, ni même exister avant minuit. Elles soupent, voilà tout.

Le souper est pour elles une seconde nature.

Le viveur et la viveuse s'aident quelquefois dans les mauvais jours.

Ils se prêtent de l'argent quand ils rencontrent au jeu quelque forte veine.

Ils ne se perdent jamais tout à fait de vue dans l'existence, et se font des signes de loin, à travers les orgies, comme des gens qui sont sûrs de se retrouver tôt ou tard.

Ils finissent quelquefois par collaborer et par ouvrir ensemble une table d'hôte mélancolique dans le quartier Montmartre, aux Batignoles ou en Californie.

XXXVII.

Les caves du café Anglais.

Il faut dire les choses telles qu'elles sont, conformément à nos mœurs présentes et à la réalité qui nous entoure.

Il est certain qu'à l'heure qu'il est, le peu de viveurs qui nous entourent en sont à se réfugier dans les catacombes de la gastronomie, comme les chrétiens aux époques de grandes persécutions.

Êtes-vous quelquefois descendu dans les caves du café Anglais? C'est là, je vous assure, un voyage des plus curieux et des plus intéressants.

Ces caves sont immenses; elles s'étendent fort loin sous les boulevards, et forment des défilés des plus compliqués.

On a eu le soin de les diviser en rues, pour qu'on pût s'y orienter sans danger et que le sommelier qui aurait éteint son rat de cave, ne fût pas exposé à mourir au milieu des ténèbres, comme ce jeune homme des catacombes romaines, si bien chanté par l'abbé Delille.

Vous avez la rue du Bourgogne, la rue du Bordeaux, la rue du Beaune, la rue de l'Ermitage, la rue du Chambertin, le carrefour des Futailles, celui des Tonneaux.

Vous arrivez à une grotte fraîche, coquette comme une conque marine, remplie de coquillages et de perles souterraines ; c'est la grotte aux vins de Champagne.

Là vous voyez flamboyer les étiquettes les plus splendides du monde, ce sont des grappes d'or, des collines d'or, des *crémants* supérieurs.

Toutes ces caves sont splendidement éclairées au gaz, on dirait une salle de bal.

Les diverses avenues hérissées de bouteilles de tous les crus, aboutissent à un vaste emplacement qui est le point central, comme qui dirait la place du

Carrousel de cette grande métropole œno-
phile.

XXXVIII.

Les viveurs souterrains.

Au xviiie siècle, on n'eût pas manqué
d'élever là une statue de Bacchus avec
une inscription en vers latins.

Aujourd'hui, on s'est contenté de
dresser au milieu de cette place une table
ovale où peuvent s'asseoir de dix à douze
personnes.

Certains jours de la semaine, on voit
descendre plusieurs viveurs des deux
sexes, qui viennent célébrer les saints
mystères de la gastronomie souterraine.

A-t-on envie d'un certain vin, on n'a
qu'à allonger la main et à prendre soi-
même la bouteille.

On n'a pas à craindre les soubresauts du transport, toujours si funestes à ces bourgognes d'élite qui ne supportent qu'avec peine l'agitation même la plus légère, comme certaines organisations de femmes éminemment délicates.

Les grands seigneurs d'autrefois avaient imaginé de dîner dans leurs écuries.

On vous montre encore à Chantilly l'endroit où le duc de Bourbon festinait avec Mme de Prie et ses nombreux ado-rateurs.

Cet usage s'est conservé chez certains lords de l'Angleterre actuelle, qui croient avoir atteint le *nec plus ultra* du luxe et de la fashion quand ils vous ont fait dî-ner au milieu de leurs chevaux et de leurs harnais.

Mais quel sel y a-t-il, je vous le de-mande, à dîner dans une écurie?

Quand l'orgie plane sur le front des convives, plombe leur teint et hébète leur regard, n'est-il pas à craindre que les chevaux ne les considèrent avec dédain et même un certain sentiment de supériorité ?

Vivent les caves pour manger d'une façon réellement excentrique !

Là, vous n'avez pas à redouter les regards des profanes ni l'inquisition des passants. Vous buvez, vous videz les bouteilles en plein sanctuaire.

Ces guirlandes de vins qui vous entourent, vous sourient, vous encouragent, électrisent vos esprits et vos courages.

Comment ne pas devenir un pur et franc buveur quand on a dîné dans ces caves si parfaitement célèbres, qui offrent un résumé si complet de tout ce que peut rêver la dégustation nationale ou cosmopolite ?

Sentez-vous rien qu'en entrant ces aromes qui vous saisissent et vous bercent? La vie devient un bouquet. On regarde l'humanité tout entière à travers le prisme du nectar.

Le dîner dans une cave en vogue est tout ce qu'il y a de mieux porté, quant à présent.

C'est enfin le dernier mot du viveur d'aujourd'hui.

XXXIX.

Le docteur Véron.

Pouvons-nous, dans cette étude légère sur les viveurs de notre temps, oublier celui qui passe, avec raison, comme un des plus intelligents, des plus vraiment supérieurs, celui qui a su élever l'art de bien vivre à l'état de science, de logique, de poésie?... On devine que nous voulons parler du célèbre docteur Véron.

M. Véron est un de ces hommes très-rares qui n'ont jamais renié leurs antécédents voluptueux, qui ne craignent nullement de se présenter le cure-dent à la bouche, la serviette à la boutonnière, dans la situation d'un dîneur qui est bercé par une excellente digestion.

Parlez-moi de ces heureux tempéraments qui n'ont jamais eu l'hypocrisie de leurs jouissances, qui mettent franchement leurs bons dîners et leurs bonnes fortunes à leur chapeau, pour que tout le monde les voie bien ; qui impriment avec satisfaction qu'ils ont trouvé sur le chemin de la vie à la fois des vins d'élite pour fleurir leur teint et des tragédiennes célèbres pour les appeler *canaille !*

XL.

Les Mémoires d'un viveur de Paris.

M. Véron représente le viveur enthou-
siaste et splendide.

C'est une physionomie qui restera
sans contredit comme la plus profonde
expression d'un certain côté de nos
mœurs.

C'est le bien-être arrivé à l'état de
plénitude qui demande à faire explosion
à tout prix et à épancher sa mousse sur
la tête du public.

Il fallait sincèrement un temps comme
le nôtre pour engendrer ce type si curieux de sensualisme bruyant, de gastronomie avec panache à cocarde.

Le célèbre docteur vu à travers ses

Mémoires, c'est un composé de nectar et de réclame. On suit l'homme qui dîne d'autant mieux qu'on le contemple, que l'univers l'admire quand il est à table.

On comprend le docteur Koref, de facétieuse et excentrique mémoire, disant à Armand Bertin, atteint d'une gastrite qui lui donnait de grandes inquiétudes :

— On vous a mis à la diète, mauvais régime.... Moyen infaillible pour vous débiliter, vous ruiner le tempérament, je veux moi que vous vous nourrissiez, et sérieusement, et beaucoup!... C'est pourquoi je vous autorise à aller tous les jours voir dîner Véron au café de Paris.

— C'est inouï ce que vous absorberez rien que par les yeux de sucs nutritifs!... Mais ne le regardez que pendant une heure seulement... Si vous assistiez

jusqu'à la fin de son repas, vous attra-
periez une indigestion.

On peut regretter que le docteur Véron
n'ait pas abordé franchement le titre
qui convenait à ces confessions si inté-
ressantes dont il a doté la France du
XIXe siècle.

Quel succès si les fameux Mémoires
du docteur eussent franchement arboré
leur étiquette !

Ce n'était pas *Mémoires d'un bour-
geois de Paris*, c'était tout uniment *Mémoires d'un viveur de Paris* qu'il fallait
dire.

LXI.

Comment les viveurs finissent.

On nous demandera sans doute comment les viveurs finissent?

Est-ce qu'ils tombent dans la mélancolie?

Est-ce qu'ils abandonnent les alcools pour les tisanes?

Ruinés, saturés, étiolés, délaissés, est-ce qu'ils ne finissent pas par se brûler la cervelle?

Hâtons-nous de le dire : ceux qui finissent ainsi sont les faux viveurs, les traîtres, les renégats.

Ils sont d'avance reniés par la grande confrérie, qui n'admet dans son sein que les hommes robustes qui demeurent à leur poste jusqu'au bout.

C'est toute une religion à part que cette vie-là! Malheur à qui n'en comprend pas d'avance les nécessités et les règles!

Voyez-vous d'ici l'effet que produirait dans les journaux un fait-Paris semblable à celui-ci :

« Le nommé un tel, bien connu dans les principaux restaurants de Paris, après avoir passé sa vie dans les soupers et les nuits de plaisir, ruiné à l'âge de cinquante ans, usé, abruti, n'ayant plus même ce genre de gaieté factice que les amphitryons sont en droit d'attendre de leurs pique-assiettes, a eu, du moins, assez d'énergie pour mettre fin à son existence...., il s'est brûlé la cervelle.... »

Il est certain que de pareils faits, surtout pour peu qu'ils se renouvelassent, nuiraient beaucoup à la profession. Le grand livre des viveurs aurait des pages noires qui l'assombriraient tout en- tier.

Quand on a pris cette existence-là, il faut aller jusqu'au dénoûment sans broncher.

On peut éprouver du désenchantement, avoir des peines de cœur et d'estomac, festonner dans le désespoir, au besoin même rouler dans le ruisseau, mais se tuer, jamais.

Ce serait trahir toutes les lois, comme dit Montauciel.

XLII.

Dispositions testamentaires d'un viveur.

« Voici mes dernières volontés :

« Je les lègue à tous ceux qui ont

beaucoup trinqué avec moi et qui vou-
dront bien les exécuter littéralement :

« Que mes amis qui sont dans la litté-
rature m'acquittent envers les nombreux
restaurateurs qui m'ont ouvert l'œil, en
introduisant leurs noms dans leurs
feuilletons et leurs ouvrages de mœurs ;

« Qu'on ne songe ni à mes bottiers ni
à mes tailleurs : il y a longtemps que je
n'en ai plus et je ne vis absolument que
dans les bottes et les paletots de mes
amis ;

« Qu'on me fasse si on veut une notice
nécrologique, mais qu'on n'en confie pas
la rédaction à M. Alloury des *Débats*,
dont le talent m'a toujours paru manquer
de gaieté ;

« Si le public voulait me dresser un
monument, j'autorise d'avance mes
amis à boire le montant de la sous-
cription ;

« Qu'on envoie mon billet d'enterrement à MM Moët et Chandon, et à M. Jacquesson et Cie;

« Qu'on n'oublie pas surtout ma recette pour faire cuire les écrevisses;

« Enfin, qu'on dépose un lampion sur ma tombe...;

« Un *De profundis*, if you please!...»

Imprimerie de Ch. Lahure (ancienne maison Crapelet)
rue de Vaugirard, 9, près de l'Odéon.

LISTE DES PETITS-PARIS :

Paris-Boursier.	Paris-Médecin.
Paris-Comédien.	Paris-Croque-mort.
Paris-Journaliste.	Paris-Tartufe.
Paris-Lorette.	Paris-Flâneur.
Paris-Restaurant.	Paris-Débiteur.
Paris-Bohème.	Paris-Misère.
Paris-Grisette.	Paris-Toqué.
Paris-Gagne-petit.	Paris-Vaudevilliste.
Paris-Actrice.	Paris-Moutard.
Paris-Viveur.	Paris-Domestique.
Paris-Portière.	Paris-Mariage.
Paris-Étudiant.	Paris-Bas-bleu.
Paris-Troupier.	Paris-Prophétique.
Paris-Prêtre.	Paris-Prolétaire.
Paris-Canaille.	Paris-.... un de plus.
Paris-Millionnaire.	Paris-Musicien.
Paris-Propriétaire.	Paris-Rapin.
Paris-Voleur.	Paris-Grande-Dame.
Paris-Joueur	Paris-Fumeur.
Paris-Saltimbanque.	Paris-Bric-à-Brac.
Paris-Solliciteur.	Paris-Canotier.
Paris-en-omnibus.	Paris-Surnuméraire.
Paris-Farceur.	Paris-Notaire.
Paris-Fleuriste.	Paris-Prisonnier.
Paris-Dame de charité.	Paris-Inconnu.

CONDITIONS DE LA SOUSCRIPTION :

Chaque Petit-Paris formera un joli volume in-18 de 50 cent.

Les personnes de la Province qui enverront un mandat de *six francs* sur la poste à l'éditeur recevront *franco* à leur domicile les dix premiers volumes.

Imprimerie de Ch. Lahure (ancienne maison Crapelet) rue de Vaugirard, 9, près de l'Odéon

9 782016 130186